Ich will dich mutig sehen - Verstanden?

Notizbuch
mit Text und Grafiken
für Jugendliche

Text: André (@creationofmind)

Gestaltung: Kurt Heppke

Bibliografische Information der Deutschen Nationalbibliothek:
Die Deutsche Nationalbibliothek verzeichnet diese Publikation
in der Deutschen Nationalbibliografie; detaillierte
bibliografische Daten sind im Internet über http://dnb.dnb.de
abrufbar.

Herstellung und Verlag: BoD – Books on Demand,
Norderstedt

ISBN: 978-3-7562-3373-1

Dieses Buch gehört

_____

Datum:

Während ihr verfickt noch mal
zu Hause sitzt und euch fragt:
„Was ist nur los mit mir?"

Datum:

„Warum bin ich so motivationslos?"
Ist die eigentliche Frage:
Für was es sich zu leben lohnt.

Datum:

**Für was solltest du morgens motiviert sein?
Was haben sie für dich,
wenn sie dich schon zwingen?
Wo ist das Sinn?**

Das eigene Leben verblasst und
später auch die Erinnerung
an das, was bleibt.

Das Gefühl,

dass hier etwas geschehen ist.

Erinnerungen verlieren ihre Details

und das Lachen verliert an Ehrlichkeit.

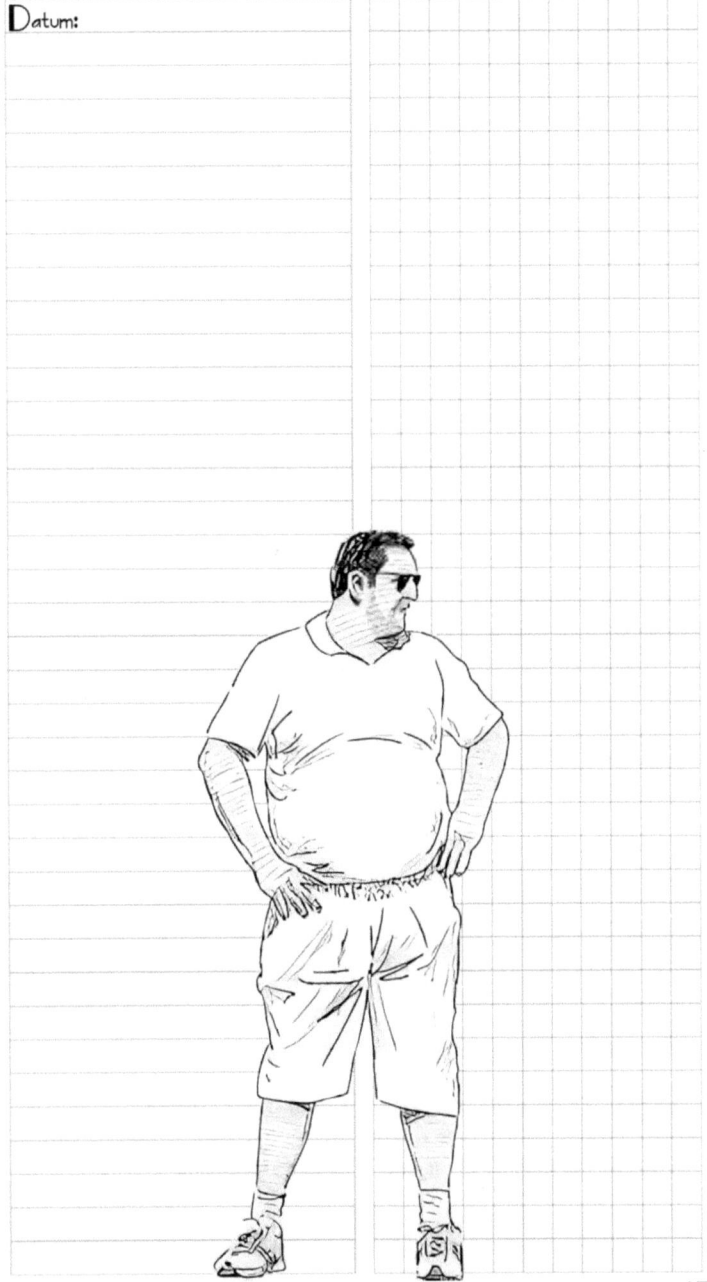

**Freunde werden zu den Narben,
das Sehen und die eigenen
vier Wände zur Isolation.**

Datum:

Wie viele Erlebnisse hast du,
wo du glücklich warst?

Datum:

**Und keiner hat mit dir gelacht?
Das ist der Preis dieser Wege.**

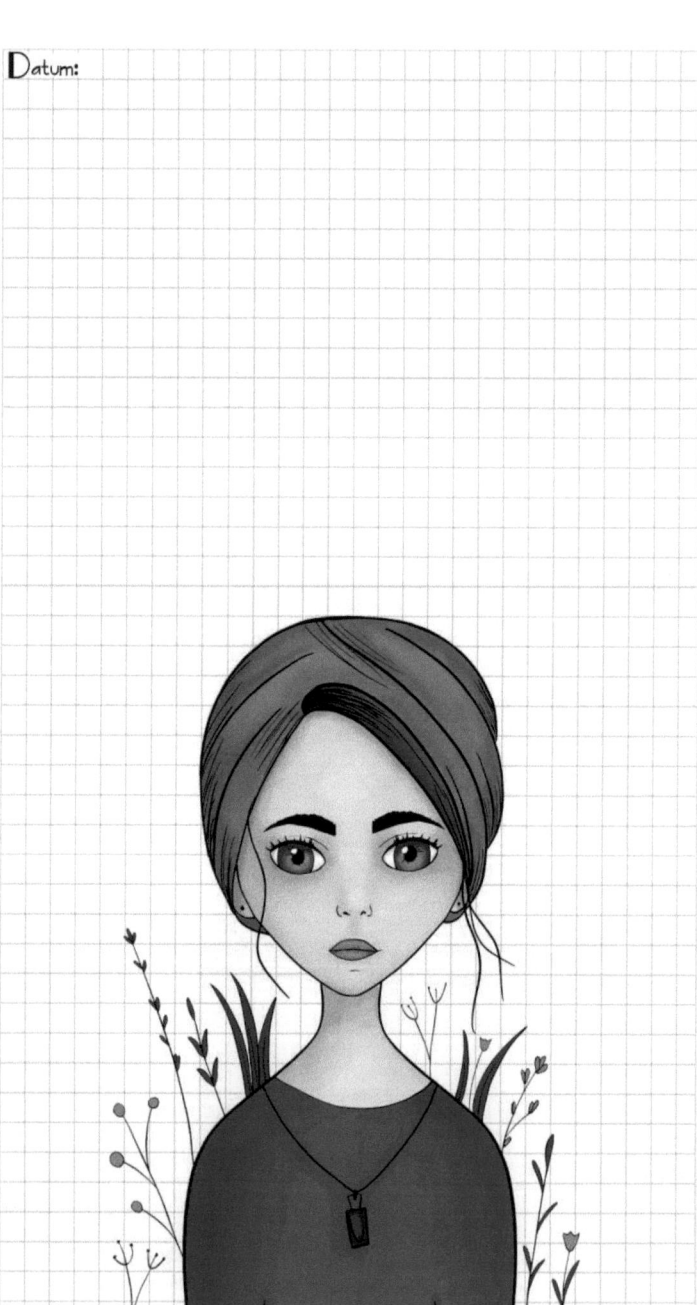

Datum:

**Jeder für sich selbst.
Keiner weiß mehr zur Hölle,
was er ist.**

Datum:

**Möchtest du etwas Neues lernen?
Ist der innere Fokus die erste Wahl?
Weißt du, wo er sitzt?**

Datum:

Nicht in der Veränderung deiner selbst,
sondern im Kampf gegen die Taubheit
und den Wunsch, dass du morgen nicht
zur Arbeit, nicht zur Schule musst, dass
die Welt eine andere wäre.

Datum:

**Aber wir können noch
so lange heulen.
Ich will, dass du dich
jetzt fokussierst.**

Du bist nämlich nicht demotiviert.
Du bist nicht interessiert
an diesen Berufen, den Schulen,
den Wegen,
nicht wahr?

Das ist ein Unterschied.
Du spürst, dass hier etwas falsch läuft.

Datum:

Und du hattest recht.
Niemand sieht diesen Kampf.

Datum:

Darum berichte ich von
diesen dunklen Kämpfen,
die die schönsten Menschen
in die Einsamkeit verdrängt haben.

Das ist für diejenigen,
die heimlich kämpfen,
leise malen,
die,
die nächtelang nachdenken,
besser sein wollen,
diejenigen,
die sehen,
aber nichts sagen können.
Die denkenden Frauen,
der stolze Mann.

Datum:

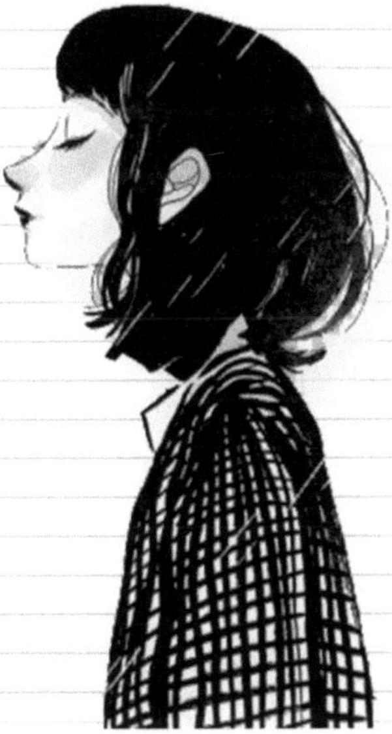

Wir bleiben arm an Geld,
weil wir unsere Seele nicht
ihrem Papier schenken.
Doch ich erinnere an unseren
Reichtum.
Wir sind hier.

Datum:

**Ich schreibe,
und du übst dich darin,
deine Stimme wiederzufinden
und ihnen zu widersprechen.**

Datum:

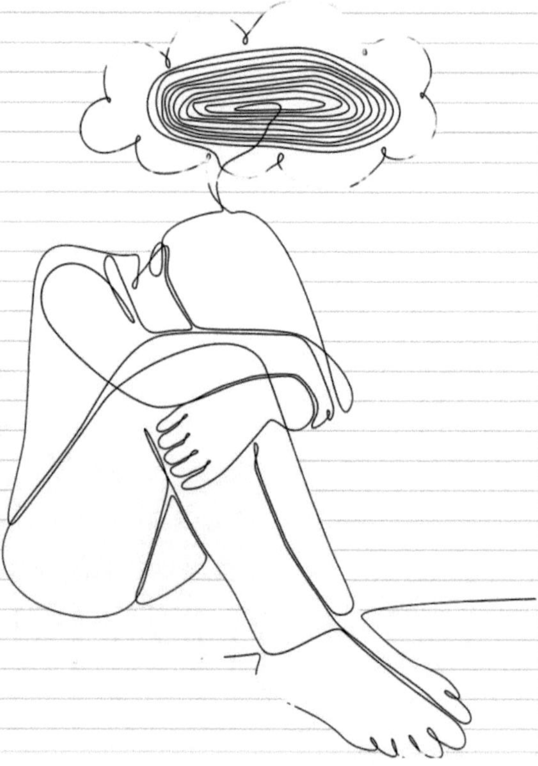

Datum:

Ich will dich mutig sehen,
verstanden?

THE YELLOW BOOK

This is a notebook and a diary and a journal with 40 well-placed pictures of yellow fruits on lined pages for people with a taste for the unusual

THE RED BOOK

This is a notebook and a diary and a journal with 40 well-placed pictures of strawberries on lined pages for people with a taste for the unusual

Notebook for girls

This is a notebook a planner, a journal with 40 identification pictures for young girls. It has space for daily tasks, notes, health and fitness tracking, meal planner, appointments and more.

Mehr von mir: www.kurtheppke.com

ToDo list for girls

beetles and spiders

A notebook to fall in love with

Summer Notes

Notebook Diary Journal for the most beautiful time of the year

I go to the next page

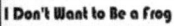

I Don't Want to Be a Frog

This is a notebook and a diary and a journal with 10 well-placed pictures of frogs and lines for thoughts for people with a penchant for the unusual

CHICKEN, HEN, ROOSTER, CHICK, COCK, CAPON IN A NOTEBOOK

Diary for Girls

a notebook with beautiful nice animals

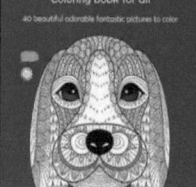

Mehr von mir: www.kurtheppke.com